ALPHONSE

Ultima

ou la Dernière Heure d'Edmond de Goncourt

Notes et postface par

Jérôme Solal

Couverture de

Olivier Fontvieille

ÉDITIONS MILLE ET UNE NUITS

ALPHONSE DAUDET
n° 616

Texte intégral.

Source :
Alphonse Daudet, « Ultima », *La Revue de Paris*, 15 août 1896.

Illustration de couverture :
portrait d'Edmond de Goncourt,
photographie de Nadar, sans date,
et testament autographe d'Edmond de Goncourt

Notre adresse Internet : www.1001nuits.com

ISBN : 978-2-75550-705-8

Sommaire

ALPHONSE DAUDET

Ultima

ou la Dernière Heure d'Edmond de Goncourt

Pour les amis d'Edmond de Goncourt, et ceux-là seulement – car aux autres ces pages sembleraient enfantines comme tout ce qui est tendre –, je relate ici le dernier séjour à Champrosay[1], autant dire les derniers moments de l'illustre écrivain. Ce séjour fut si rapide – du samedi soir au jeudi tout matin – que j'ai pu, en contrôlant mes souvenirs par ceux qui m'entouraient, donner à mon récit cette forme de journal, familière et vivante, qu'il aimait par-dessus toute autre, pour sa chaleur d'intimité, sa souplesse, parce qu'elle est plus près du vrai, qu'elle lui colle plus à la peau, la forme dont il s'est servi pour nous raconter la mort de son frère, un impérissable chef-d'œuvre de pitié et de clairvoyance. Non que j'aie la prétention de rien écrire de vibrant, de pénétrant comme ces feuillets du *Journal des Goncourt*[2], juin 1870, mais ce qu'il a fait pour son frère Jules, ma tendresse d'ami et de témoin veut essayer de le faire pour lui.

*

Samedi soir, 11 juillet [1896].

Edmond de Goncourt est arrivé aujourd'hui à six heures du soir. Je suis allé l'attendre à la gare de Ris-Orangis – dix minutes de Champrosay, sur l'autre rive de la Seine – dans le landau à deux chevaux que je garde à la campagne tout l'été, depuis que mes jambes sont paresseuses. Les fêtes du 14-Juillet, l'encombrement des wagons et des gares ont retardé le train d'une demi-heure… Enfin la barrière s'ouvre, du monde à flots, toujours, et pas mon Grand… Qu'y a-t-il ? Je commence à me tourmenter, lui connaissant des ennuis, de gros ennuis que vient de lui occasionner « son sacré Journal ». Pourvu qu'il ne soit pas malade ; cette menace de crise de foie dont nous parlait sa dernière lettre… Mais non. Le cocher s'est retourné joyeusement sur son siège : « Voilà Monsieur de Goncourt ! » Cordial et généreux, à la maison tous les serviteurs l'adorent.

Mon fils Lucien[3], qui l'a rencontré à la Gare de Lyon, paraît le premier, portant un sac de cuir rouge que je connais bien et dont l'aspect me fait rire tendrement. En dehors, à côté de la figure humaine, et plus significative qu'elle peut-être, nous avons, chacun de nous, ce que j'appellerai nos petites effigies, cette empreinte que nous laissons de nous-mêmes, de nos gestes, de nos allures à tous les objets qui nous servent assidûment. Si quelqu'un que nous aimons bien disparaît, nous quitte pour toujours, un chapeau de jardin pendu à une patère, un lorgnon cassé au fond d'un tiroir nous le rendent souvent mieux qu'un portrait, nous émeuvent surtout davantage. Pour moi, ce petit sac rouge que j'ai vu tant de fois, sur la route de Champrosay, c'est Goncourt en voyage, Goncourt éperdu dans les gares, son horreur de la foule et des bousculades, l'inquiétude fébrile de ses mains, ses longues mains souples d'artiste né. En ce moment, libres et frémissantes, je les vois là-bas qui s'agitent, s'impatientent, ses pauvres chères mains.

– Que vous arrive-t-il donc, mon Goncourt ?

Il me jette de loin :

– Mon petit, ils ont perdu ma malle… Il y a des mois où l'on n'a pas de chance.

Et pendant qu'il continue à s'expliquer avec les gens de la gare, j'admire la verdeur intrépide, la sveltesse de ses soixante-quatorze ans qui n'en paraissent pas cinquante. Ferme et droit, en complet gris, petit chapeau de paille brune, jamais il ne m'a semblé jeune comme aujourd'hui.

Par bonheur la malle n'est pas perdue, seulement retardée jusqu'à un train du soir où le cocher viendra la prendre. Rassuré, Goncourt monte en voiture ; on s'embrasse et le landau file. De près, notre ami n'a pas la mine aussi bonne. Je lui trouve l'œil aigu, préoccupé, la peau brûlante. Il parle nerveux :

– Ah ! oui, des embêtements, et d'une qualité supérieure… Geffroy[4] vous a dit, n'est-ce pas ? Une ligne oubliée dans mon texte, le coq-à-l'âne que ça a fait… Tous ces braves gens que j'ai blessés sans le vouloir. Et des menaces de procès, des volumes à retirer de la circulation ; et ce Fasquelle[5] avec son air tranquille… Moi, j'ai passé deux nuits sans dormir, à me tourner, me retourner, à faire de ma chemise une corde à puits… J'ai bien cru que j'allais avoir ma crise, et puis, non… Je pense que je l'éviterai.

Déjà la fraîcheur de la rivière qu'on traverse, le grand coup d'éventail de l'allée de peupliers, toute cette atmosphère apaisée le détend et l'attendrit.

– Et vous, mon petit, comment ça va ici, tout le monde ? Léon[6] est toujours au bord de la mer, m'a dit Lucien… Il m'a appris aussi la mort de votre vieux Tim[7] ; vous avez dû avoir beaucoup de chagrin.

– Beaucoup, Goncourt ; nous étions liés par le cœur depuis trente-cinq ans. Maintenant, comme amitié, dans le Midi, je n'ai plus que Mistral[8] ; dans le Nord il ne me reste que vous.

La voiture s'est arrêtée, nous sommes chez nous.

Mademoiselle Edmée[9], dix ans, fine et longue sous sa blouse anglaise, des paquets de cheveux d'or rose par les épaules, saute au cou de son parrain :

– Bonjour, parrain. Comment vas-tu ?… Tu sais que la chatte de la jardinière a un petit… Oh ! si joli, avec des yeux tout bleus… Et puis les deux petits ânes, on leur a coupé les poils ; et nous avons une nouvelle vache qui a du bon lait, mais qui est très méchante…

Malgré tout l'intérêt qu'il prend à cette chronique locale, Goncourt est obligé de l'interrompre pour saluer la maîtresse de maison[10] et sa mère Madame A…[11] qui viennent au-devant de lui. Avant de monter dans sa chambre, il regarde désirément à travers mon cabinet de travail tout ce fond de verdure en pente jusqu'à la Seine.

– Dites donc, Madame Daudet, – il me semble que je l'entends, mon Dieu ! – si nous allions faire un tour de jardin… Voyons, patron, prenez mon bras…

Et nous voilà errant tous les trois par les allées encore lumineuses, nous arrêtant devant les corbeilles dont le parfum s'évapore dans l'ardeur de cette fin de jour. Madame Daudet lui montre ses roses, il nous parle des siennes, de ses espaliers, des portiques en treillages de sa maison d'Auteuil[12] où il a les ouvriers en ce moment pour des réparations à la toiture. Heureusement Pélagie[13] est là qui garde et veille, avec défense de s'éloigner sous aucun prétexte. Et, tout à coup, comme si l'inquiétude de son logis à découvert le ramenait à d'autres soucis, il revient à l'ennuyeuse aventure dont il m'entretenait tout à l'heure. Je le sens gêné pour nous raconter les nouvelles tracasseries que son Journal lui cause. Sans doute qu'il prévoit une de ces discussions amies comme nous en avons eues ensemble sur le même sujet, et qui peuvent toutes se résumer ainsi :

MOI. – Vous ne contrôlez pas assez, mon Goncourt, vous prenez pour du bel argent tout ce qu'on vous passe.

GONCOURT. – Oh ! vous, si l'on vous écoutait, il ne faudrait jamais rien croire…

Puis, après un échange de ripostes, ce coup droit qu'il m'allonge à fond pour en finir :

– D'abord, mon petit, à qui la faute ?… N'est-ce pas vous qui m'avez fait publier mon Journal ?

– Oui, mais dans ma pensée, vous ne deviez pas aller plus loin que l'année 71, la mort de Jules, le siège, la Commune… Il y a là, dans l'histoire contemporaine, comme une cassure, un grand mur de cimetière criblé de balles, où tout s'arrête. L'autre côté de ce mur est à cent lieues de nous ; ce côté-ci, à portée de la main, sans recul, sans perspective. J'avais le sentiment qu'à dater de là on vous accuserait de ne plus faire que de la chronique et des potins.

– Ne pourrait-on pas en dire autant de Saint-Simon[14] ?

Presque toujours la même, cette discussion aujourd'hui n'aura pas lieu. Nous voyons notre ami trop malheureux, troublé surtout des haines, des colères que son Journal soulève contre lui ; on va jusqu'à le menacer d'un procès en diffamation.

– Pourtant je ne dis jamais que la vérité ou ce que je crois la vérité... Je la dis sur ceux que j'aime le mieux, sur moi comme sur les autres.

Et l'accent convaincu, ingénu même, le droit regard d'honnête homme qui accompagne ces paroles, seraient pour l'absoudre aux yeux de ses plus acharnés ennemis.

Mais on a *gongué*[15] le dîner depuis longtemps.

– Quelle chance de n'être que nous !... fait Goncourt en se mettant à table.

Et quand il apprend que nous avons eu l'idée d'inviter deux ou trois amis des lettres pour lui faire la maison plus gaie, il proteste, préfère qu'on reste en famille ; ce sera bien assez d'avoir du monde le jeudi.

Cependant personne n'aime plus que lui la causerie littéraire, ces parties de paume intellectuelles où le sourire d'une galerie allume les joueurs, fait se croiser les idées et les mots comme sur des raquettes. Pour lui donner ce goût de solitude et d'étroite tablée, il faut que cette dernière histoire de son Journal l'ait bien changé, bien assombri. Avec ce raffiné d'art, ce civilisé surexquis, je serais surpris que cette sauvagerie pût durer. Déjà le dîner l'égaie, il mange de bon appétit, ce qui ne lui est pas arrivé depuis longtemps : « Tous ces jours, nous dit-il, il n'avait que soif, la langue sèche, la bouche amère, il a vécu au restaurant d'une tranche de melon et d'un potage à la bisque ; par là-dessus, un verre de fine champagne... »

– Oh ! Monsieur de Goncourt... interrompt la grand-mère indignée. Pour un homme qui a des crises de foie !...

– Tant pis, madame... Ces médecins sont des farceurs. Dès que vous êtes malade, ils vous demandent en confidence ce que vous aimez le mieux et tout de suite vous le suppriment lâchement. C'est ce qu'ils appellent un régime à suivre.

La dispute s'allume, prend à d'autres sujets. Nous retrouvons notre Goncourt des belles heures, celui que les intimes seuls ont connu, naïf et tendre, sans morosité, sans méfiance, et tout de même d'une subtilité de vision déconcertante, d'une candeur armée, que je n'ai vue qu'à lui. Les faits divers d'Auteuil et de la villa, le banquet de l'éditeur Fasquelle, une après-midi à la campagne chez son cher Mirbeau en compagnie du poète Robert de Montesquiou[16], sa rencontre à la table de Jean Lorrain[17] avec le très savant écrivain d'*Aphrodite*[18], sur ces thèmes variés il a joué son esprit jusqu'à la fin du repas qui nous a semblé très court. La nuit était venue quand on a passé sur la terrasse ; on y est resté quelques instants. Il faisait lourd. Des éclairs silencieux ouvraient le ciel jusqu'au fond. Au bord des bassins, les crapauds piquaient leurs notes de cristal. Je ne sais comment, à propos d'un littérateur ami dont le caractère, les mœurs, le talent se sont brusquement modifiés d'une façon singulière, nous avons parlé de ces transformations que la vie impose à certains êtres, par les contacts divers, les coups de bât de la destinée, et Goncourt s'est écrié, sortant la tête de la « maison de campagne » où il se blottissait frileusement malgré la *touffeur* de l'air :

– Hé ! là-bas, mon petit, que devient-elle alors votre théorie que *nous sommes tous achevés d'imprimer de très bonne heure*, et que, passé trente ans, les impressions que nous laisse la vie ne sont que des retirages ?

MADAME DAUDET. – Elle est désolante, elle est abominable, sa théorie ; il faut voir de quels coups d'ongle je l'ai sabrée sur son petit cahier !

GONCOURT. – Et c'est justice, madame, parce qu'elle n'est pas vraie. Je crois, au contraire, que l'homme se modifie jusqu'à la fin de l'existence et que nous changeons de peau un nombre infini de fois, comme les serpents.

MOI. – Vous avez probablement raison, Goncourt, et ceci prouve combien toute formule est dangereuse à manier. Nos idées les meilleures meurent par leur formule qui se fane avant elles. En soi, l'opportunisme, le naturalisme ne sont pas de mauvaises choses ; mais c'est l'étiquette qui ne vaut plus rien. Vous rappelez-vous comme nous l'avons dit à Zola, un soir ?

GONCOURT. – À un certain dîner avec Flaubert, place de l'Opéra-Comique… Il y a fichtrement longtemps de cela !

Les éclairs se succédaient, de larges gouttes tintaient sur la véranda. Nous sommes rentrés dans le salon prendre le thé, servi par mademoiselle Edmée ; un grand salon de campagne tendu de toile de Gênes, où Goncourt a retrouvé son fauteuil à la même place que les autres années, entre la cheminée et le divan. Par instants, quand une idée l'impressionne, il se lève, fait deux ou trois tours, jette sa phrase ou la rumine, puis se rassied, toujours au même coin. Ce soir, quoique très causeur, il n'a pas l'occasion de s'animer, on ne discute pas. Un volume de vers récemment paru pose sur la table sa couverture fleurie, Goncourt fait la grimace en l'apercevant. On sait qu'il a les vers en horreur presque autant que la musique. Ma femme, pour le punir, l'oblige à écouter quelques pièces feuilletées au hasard ; et comme nous étions unanimes dans notre admiration :

– Ce serait bien plus beau en prose, dit notre ami, pour qui la plus belle poésie du monde ne vaut pas une page des *Mémoires d'outre-tombe*, des *Choses vues*[19] de Victor Hugo, dix lignes de Joubert, de La Bruyère, de Veuillot, de Vallès.

Ce nom de Vallès, jeté dans la conversation, amène celui d'un collaborateur de *La Rue*[20], un pauvre diable disparu depuis longtemps et dont j'ai reçu, ce matin même, une lettre navrante à faire sangloter le policier Javert.

– Mon frère et moi l'avons connu à Vichy, vers la fin de l'Empire, songe Goncourt tout haut… C'est Vallès qui nous l'a présenté… Plus tard j'ai dû écrire une préface pour un livre qu'allait publier Charpentier[21], quand nous avons appris le joli métier qu'il faisait, à côté de celui d'homme de lettres.

Il ajoute après un silence :

– Tout de même, il avait de la patte, l'animal ! Si vous faites quelque chose, j'en suis.

Quand de vieux amis comme nous se mettent à tisonner leurs souvenirs, ils n'en finissent plus. Dix heures sonnent à la petite paroisse, toute voisine. Depuis longtemps, Mademoiselle Edmée a quitté le salon, maintenant, c'est le tour de grand-mère, puis de Lucien qui tous les jours prend le premier train à cause de son atelier. Goncourt, en embrassant ce grand garçon qu'il a vu naître, lui demande ce qu'on fait à l'atelier, s'ils ont le modèle en ce moment.

– Oui, monsieur, modèle de femme jusqu'à la fin de la semaine.

Nous nous regardons en riant. N'était-ce pas hier que, pour un petit bonhomme de cinq ans déjà fou de couleur et de barbouillage, Goncourt fabriquait, comme au temps du bien-aimé roi Louis XV, un brevet sur parchemin, scellé de grands cachets rouges, contresigné Blanche Denis, fille de Pélagie Denis, la bonne servante d'Auteuil, brevet qui nomme Lucien

Daudet son petit pastelliste ?... Et maintenant, le modèle de femme !... Quelle lanterne magique, la vie !... Nous ne sommes plus que trois dans le salon. Encore une heure d'intimité, de tisonnage. Parlé de la visite de Georges Brandès[22] à Champrosay, de ses vives remarques sur Ibsen, Tolstoï, Tourgueniev[23].

MOI. – Vous savez que, pour Brandès, les mauvais propos attribués à Tourgueniev sur nous deux sont de pure invention.

GONCOURT. – Mon petit, il ne nous aimait pas, j'en ai toujours eu la conviction, malgré ses câlineries slaves...

MADAME DAUDET. – Je me méfiais aussi.

MOI. – Je crois qu'il m'en a voulu de n'être pas allé aux jeudis de Madame Viardot[24].

GONCOURT. – L'antipathie de Tourgueniev venait de ce qu'il n'a jamais rien compris à votre ironie, pas plus qu'à celle de mon frère. Vous le déconcertiez. Tous les étrangers sont les mêmes. L'ironie française leur fait peur, ils croient qu'on se moque d'eux...

MOI. – Comme les ouvriers, les femmes, les enfants... Ah çà ! mais qu'est-ce qu'il a, ce soir, ce Goncourt, à nous faire veiller si tard au salon ? on ne va donc pas se coucher ?...

Les bougeoirs allumés attendent au bas de l'escalier. *Shakehands*[25], baisemains ; et chacun monte dans sa chambre. Celle de Goncourt est au-dessus de la nôtre qu'elle reproduit exactement, une fenêtre sur les vergers et la petite église, une autre sur le parc, deux enfin sur la cour, dans un grand cabinet de toilette. Quand il marche, j'entends le bruit de son pas, la seule chose de lui qui ait bien son âge, parce qu'elle ne se croit pas surveillée. Je lui ai dit qu'on n'entendait rien, au-dessous. C'est un pas lourd et las, comme à la fin d'une journée de grand labeur.

*

Dimanche, 12 juillet.

À ma table de travail depuis une heure, quand Goncourt, descendu de sa chambre, vient me prendre pour un tour de jardin. Il a dormi assez bien pour une première nuit, mais se plaint de la chaleur, d'une soif continuelle qu'il attribue au temps d'orage, à ce diabolique mois de juillet qui lui ramène ses crises de foie. L'odeur des deux grands tilleuls argentés près de la basse-cour le migrainise. On prend une autre allée, tout en causant du livre auquel je travaille et qui paraît l'intéresser.

– Ah ! mon petit, vous êtes heureux d'inventer encore.

– Qui vous empêche d'en faire autant, Goncourt ?

– L'âge, me dit-il gravement… on n'imagine plus rien, à l'âge que j'ai.

Je lui rappelle le mot de Royer-Collard[26] : « M. de Talleyrand n'invente plus, il se raconte… » Mais il semble ne pas m'entendre, regarde autour de lui, préoccupé.

– Que cherchez-vous, Goncourt ?

– Le banc, vous savez, le banc où nous allions nous asseoir pour écouter les vers de votre ami Mistral. J'ai remarqué que, par les chaleurs les plus écrasantes, il y avait toujours là un petit souffle d'air.

Je le conduis à ce banc, et nous y trouvons en effet un délicieux *ventoulet*, dirait Mistral, qui monte de la rivière et remue les feuilles d'un plant de jeunes platanes en pente devant nous. Les deux ou trois fois que Mistral est venu nous voir à Champrosay, c'est toujours ici que nous nous sommes mis pour l'entendre, et je reconnais le tronc, lisse comme un mât, de l'arbre où il accoudait sa haute taille, en nous disant la chanson des galériens de la reine Jeanne[27] :

Lan lire lan laire
Et vogue la galère !

Je ne crois pas que Goncourt retrouve comme moi, dans la fraîche brise qui passe, un écho de l'exquis refrain provençal, mais tout de même il la savoure et l'aspire, cette fraîcheur, avec une joie bien singulière chez un frileux qui, en plein mois de juillet, se couvre et se garantit comme en hiver. Il soupire au bout d'un instant :

– Oui, M. de Talleyrand se raconte et j'aurais bien voulu faire comme lui, continuer à me raconter dans mon Journal ; mais on me jette vraiment trop d'épluchures sur la tête. Ce que je reçois de lettres anonymes, sans parler des autres ! Jusqu'à du… oui, comme vous, mon petit, au moment de *L'Évangéliste*[28]. J'ouvre des billets doux tout barbouillés de… Qu'ai-je fait pour m'attirer toutes ces haines ?… Essayé d'éclairer d'un peu de vérité le mensonge universel. Pour cela je passe diffamateur, on m'accuse d'avoir rompu le pacte mondain et social, on me menace de la correctionnelle… Non, décidément, j'en ai assez de mon Journal, je m'arrête.

Madame Daudet, qui vient s'asseoir auprès de nous, jette à Goncourt, en entrant dans l'allée :

– J'en suis contente pour vous. Je ne l'aimais plus, votre Journal ; il vous faisait trop d'ennemis.

Moi, j'aurais mauvaise grâce à critiquer le *Journal des Goncourt* ; mes romans, tous écrits d'après nature, m'ont valu tant de colères ! J'avoue cependant à notre ami que, depuis quelques années, je me sentais moins libre avec lui. Je ne savais plus me confier, me répandre comme autrefois. L'idée que toutes mes paroles figureraient dans le Journal me gênait, me rendait gauche ;

je parlais face au public. Il avait pu croire que je baissais ; en voilà la raison.

Goncourt pose sa main doucement sur la mienne :

– Mon petit, redevenez vous-même ; le *Journal des Goncourt* est fini.

Longtemps nous demeurons immobiles sur notre banc, dans le vaste silence d'un dimanche de campagne. Un clocher sonne au lointain ; une trompe de bicyclette, un cri d'oiseau traversent l'air. Je remonte travailler ; lui va marcher encore dans l'allée du bas, qu'il appelle l'allée du curé, ou faire quelques points tout seul au billard. Il aimait jouer avec moi ; mais, depuis deux ans, je ne peux plus.

On s'est retrouvé au déjeuner. Goncourt n'a pas son bel appétit de l'arrivée ; il a trop soif. Une double brûlure au creux des mains et de l'estomac l'avertit que sa crise n'est pas loin. Le docteur Barié lui commande en ce cas un verre de Vichy Hauterive le matin. Une promenade indiquée pour l'après-midi ; nous irons chercher cela en famille à Corbeil et nous reviendrons par les moissons de Tigery, splendides en ce moment. Il y a surtout un champ de pommes de terre en fleurs, une houle de fleurs mauves d'une lieue, une merveille. Toute la fin du déjeuner et au salon pendant le café, il n'est question que du festival organisé par Montesquiou en l'honneur de Marceline Desbordes-Valmore et qui aura lieu demain à Douai. Lucien voudrait y entraîner sa mère qu'épouvantent les fatigues du voyage, le banquet, l'estrade, une exhibition. Mais Marceline est une ancienne amie de la famille ; ma femme se souvient d'être allée chez elle tout enfant avec sa mère. Bien qu'il n'ait qu'une vague admiration pour le poète de *Fleurs et Pleurs*[29] et confonde souvent Desbordes-Valmore avec Mélanie Waldor, Goncourt intercède en faveur de Lucien ; et la mère se décide à partir le lendemain matin, à six heures, pour rentrer par un train de nuit. Seulement, l'expédition de Corbeil se fera sans elle, et, dans le landau qui l'attend à la porte, Edmond, lorsqu'il descend de sa sieste, ne trouve que sa filleule et moi.

Sur cette route en corniche, entre la forêt de Sénart et la rivière, cette route qui traverse la plupart de mes livres, nous roulons une demi-heure. Une discussion, très ancienne entre nous, prend à un tournant de forêt et nous accompagne presque jusqu'à Corbeil. Goncourt croit fermement à la postérité, il a travaillé toute sa vie pour elle ; moi, je n'y pense jamais, je ne me la figure pas, je ne sais vraiment pas ce que c'est.

GONCOURT. – Mais enfin pourquoi écrivez-vous ? Je vous connais, l'argent n'est pas votre mobile…

MOI. – La gloire non plus… Certes, le succès m'a fait plaisir, bien que toujours payé trop cher. Mais à aucune époque de ma vie le vert laurier ne m'a tenté. Être un maître, un chef d'école, académicien, président de n'importe quoi, sont des choses sans signification à mes yeux... J'écris uniquement pour le plaisir, pour le besoin de m'exprimer, parce que je suis un sensitif et un bavard.

GONCOURT. – Jules était un peu comme cela.

MOI. – Vous souvenez-vous, à une soirée de Charpentier, dans le petit salon... une querelle là-dessus avec Flaubert et Zola ? J'étais seul de mon avis contre vous trois, quoiqu'au fond le vieux Flaubert...

GONCOURT. – C'est du reste un thème très ancien de querelle artistique. Il y a toute une correspondance à ce sujet entre le sculpteur Falconet[30] et Diderot[31].

Pendant que nous causons, Mademoiselle Edmée assise en face de nous, en chapeau papillon, petite ombrelle et robe blanches, se dispute avec le soleil qui en veut à son teint d'aubépine. À chaque détour de route le soleil change de place, et de quelque façon qu'elle s'arrange, l'enfant a toujours un rayon dans l'œil ou sur le bout de son petit nez. Avec une ombrelle deux fois plus grande, qu'un geste impatient change d'une épaule sur l'autre à tout moment, Goncourt ne sait pas mieux s'abriter que sa filleule, le sentiment de l'orientation lui manque autant qu'à la petite, et je songe à ce qu'il y a d'ingénu, d'innocent, dans ce grand regardeur d'hommes et de choses, ce subtil que tant de gens accusent de sécheresse et d'inhumanité. Ah ! qu'il est peu le Goncourt qu'on imagine, l'excellent homme que je vois chercher des sous pour les pauvres de Corbeil, entrant chez le pâtissier, dans le bazar de la rue Saint-Spire, acheter un porte-monnaie, un panier que Mademoiselle Edmée veut offrir à sa gouvernante. Sur les cailloux des petites rues que le dimanche élargit et mélancolise, le landau saute avec fracas, amène du monde aux fenêtres, au pas des portes. On s'arrête devant le pharmacien pour l'eau de Vichy ; au coin d'un café, sur la place, pour Goncourt qui meurt de soif. Et tandis qu'on nous sert dans la voiture, il songe avec terreur, en regardant tout autour ces maisons endormies, cette place muette :

– Nous voyez-vous obligés de vivre ici ?… On mourrait.

MOI. – Vous peut-être, parce que vous êtes parisien ; moi, je suis né en province. Avec un foyer, de la tendresse autour de ma table, je m'y ferais très bien.

GONCOURT. – Comment trouvez-vous le courage d'écrire ?

MOI. – Une œuvre comme la vôtre, non, certainement ; l'outillage manquerait trop. Mais Kant, mais Descartes auraient très bien écrit leurs livres à Corbeil.

Retraversé le pont, la Seine enflammée ; monté vers la droite dans les plaines de Tigery, dont les molles ondulations sous l'incarnat du couchant descendent jusqu'à la forêt. La féerie est encore plus belle que ce que j'avais promis ; mais je sens que Goncourt admire sans conviction, seulement pour m'être agréable. Ce raffiné de toute civilisation préfère les jardins à la campagne ; et il m'en fait l'aveu, dans la descente d'Étiolles[32], devant cet exquis paysage où vécut sa chère Madame de Pompadour[33], ces vignes en pente, d'un vert tendre, et le vieux clocher qui se dresse au milieu.

Nous rentrons au crépuscule, juste à temps pour entendre le second coup du dîner. Beaucoup d'animation autour de la table. Lucien triomphe en songeant au voyage et à l'inauguration du lendemain. La mère, de plus en plus épouvantée, voudrait reprendre sa parole ; mais c'est promis, juré, elle inaugurera.

– Ah ! vous aimez les vers, Madame Daudet, grince Goncourt avec un bon rire, eh bien ! vous allez en entendre…

Elle ne s'en plaint pas, mais l'idée de laisser son hôte tout un jour la chagrine.

– N'aie pas peur, j'aurai soin de lui comme d'Edmée…, dit grand-mère.

Moi, je lui donne ma journée. Allons-nous en dire, du mal des pauvres femmes ! Goncourt s'en fait une fête. En attendant, je remarque qu'il ne mange pas : à peine du potage et des fraises. Nous n'éviterons pas la crise. Depuis que sa maladie de foie s'est déclarée, c'est du reste à peu près ainsi tous les étés. Veillée au salon comme d'habitude, un peu écourtée à cause du départ matinal. Goncourt me demande un livre à monter dans sa chambre. Je lui propose *Moscou en flammes*[34], roman russe assez médiocre mais plein de détails typiques et qui, avec *Guerre et Paix*, les *Lettres* de Stendhal, le *Journal* de Castellane[35], complète la physionomie de cet extraordinaire épisode de l'épopée impériale dont je rêve une pièce pour le Châtelet.

– Peut-on s'intéresser à des pays si loin ! dit la maîtresse de maison, de son petit air révolutionnaire à forme tranquille. Il me semble que ces choses se sont passées il y a deux mille ans.

– Madame Daudet confond la durée et la distance. Oh ! ces poètes, dit Goncourt.

Le mari ajoute :

– Elle a raison pour l'inauguration de demain. C'est très loin et ça durera…

On s'est levé sur ce mot cruel et l'on a quitté le salon.

*

Lundi, 13 juillet.

Ce matin, quand je descends, on m'apprend que Goncourt a mal dormi ; il a pris son verre d'Hauterive et demande qu'on n'entre pas chez lui. Il ne descendra que pour déjeuner.

Comme il n'est pas gravement malade, je n'ai pensé qu'à moi et à ma petite déception. Je me promettais une vraie débauche de flâne et de causerie au bras de mon Grand. Il fait beau. Une buée chaude et rose monte des terrasses, des pelouses. On serait bien dans le petit bois. Heureusement les journaux arrivent, ces mangeurs, ces tueurs de temps ; au lieu de les repousser comme aux jours de travail, je m'y engloutis tout entier ; mes yeux, mon cerveau se remplissent de leur grise poussière. Soudain la porte s'ouvre, la grande taille de Goncourt montant jusqu'au linteau. Il ne peut dormir, il a mieux aimé se lever, descendre. Je le regarde pendant qu'il lit les journaux, assis sur le divan, de l'autre côté de ma table ; il a les traits tirés, le tour des yeux jaune. D'habitude, la feuille qu'il vient de lire, de *balayer de l'œil*, comme il dit, il la jette par terre, ou sur le divan, près de lui, large ouverte. Aujourd'hui je suis frappé du soin qu'il met à plier chaque journal, à le poser sur la table… Je lui en fais la remarque.

– J'ai vu que ça vous agaçait, mon petit, me dit-il avec un bon sourire qui me rend tout confus.

Ah ! misère de nous, comme la bêtise est subtile, comme elle se glisse dans les plus étroits, les plus tendres contacts ! C'est vrai que tout ce papier étalé sur le tapis, autour de ma table, me retournait les nerfs ; mais que je n'aie pas pu lui cacher mon impatience, à lui !…

– Allons nous promener, voulez-vous ?… Il n'y a rien dans les feuilles ce matin.

Il s'est levé, a pris mon bras sous le sien et, tout de suite, à sa marche, au timbre de sa voix, j'ai compris que si, *il y avait quelque chose dans les feuilles.* Une ligne sans doute, un mot au sujet de l'Académie.

GONCOURT. – Savez-vous pour quand l'élection au fauteuil de Dumas[36] ?

– Octobre, m'a-t-on dit, ou novembre… Même plus tard.

Au bout de quelques pas il reprend avec effort :

– Est-ce que… vous vous présentez, mon petit ?

– Si je me présentais, Goncourt, vous seriez le premier à le savoir.

– Quel plaisir vous me faites ! me dit-il en me serrant le bras.

Nous arrivions à son banc, celui qu'il préfère cette année, et s'asseyant il continue :

– Que voulez-vous… À la fin tous ces racontars des journaux vous impressionnent. On a beau s'en défendre… Ils m'affirmaient que vous aviez écrit votre lettre à l'Académie, en demandant qu'on la tînt secrète jusqu'à l'élection.

– Et vous ne m'en vouliez pas plus ?

Goncourt, qui cherche un filet d'air où mettre ses mains brûlantes, se tourne affectueusement de mon côté :

– Rappelez-vous ce que je vous ai dit, il y a dix ou douze ans, quand il fut question de votre entrée là-bas.

Vous faisiez déjà partie de mon Académie, à cette époque ; pourtant je vous ai engagé, bien sincèrement, à suivre votre bon plaisir. Je m'en tiens toujours là... Quand on m'a assuré que vous vous présentiez pour le fauteuil de Dumas, j'ai eu un vif chagrin, mais je suis resté votre ami, même j'ai mieux compris combien je l'étais.

– Vous pensiez bien cependant, m'ayant nommé votre exécuteur testamentaire et chargé de fonder votre Académie, que je ne quitterais pas mon poste sans vous avertir ?

Goncourt, en effet, un jour qu'il se sentait malade, voilà quatre ou cinq ans, m'appelait à Auteuil près de son lit et me donnait la cruelle émotion de lui lire, à haute voix, un testament qui me faisait son exécuteur testamentaire conjointement avec Henry Céard[37]. Depuis, la maladresse d'un reportage ayant éloigné Céard de la maison d'Auteuil, mon fils Léon l'avait remplacé comme co-exécuteur des suprêmes volontés de notre ami. C'est dans ce testament, connu du seul notaire et de moi, que j'ai vu pour la première fois les statuts et règlements de l'Académie des Goncourt[38]. Est-ce à cause des objections que je lui ai faites sur cette Académie, dont le nom surtout me semble une grosse erreur, il n'aime pas beaucoup à m'en parler. Moi-même je n'y tiens guère, certain que je n'aurai pas à m'en occuper et que je mourrai bien avant Goncourt[39].

Ce doit être sa conviction à lui aussi, puisqu'il m'a associé Henry Céard, mon fils Léon ensuite, et dernièrement – m'a-t-on dit – Léon Hennique[40] à la place de mon fils. Pourquoi cette mutation ? Je l'ignore. Il a toujours montré pour Léon une vive tendresse, et l'estime où il tient son talent, le dernier volume du Journal en fait foi. Il me disait, il y a deux ans déjà, que Léon était un des dix[41]. D'où est venu le changement ? Je le saurai un jour ou l'autre. Aujourd'hui, voici très exactement ce qu'il m'a dit de son Académie. Comme je m'informais s'il lui laissait toujours le même titre, Goncourt m'a répondu vivement :

– Oui, mon petit… sans doute le mot est trop solennel pour nous et ne va guère à des écrivains indépendants, quelques-uns mêmes soldats d'avant-garde, l'arme à volonté et la tunique sur l'épaule. J'ai songé à modifier notre titre, comme vous le désiriez, dans un sens de simplicité, de bonne enfance, j'ai pensé à la *table des Goncourt*, au *prix des Goncourt* ; mais un scrupule m'a toujours retenu. Mon frère et moi nous avons eu cette idée ensemble ; nous avons travaillé tous les deux pour fonder l'Académie des Goncourt ; et les décisions prises à nous deux, je ne me crois pas le droit de les changer à moi tout seul… Ah ! si Jules vivait encore, nous aurions à modifier bien des articles. L'allure de l'autre Académie n'est plus la même depuis des années ; elle est allée davantage à la jeunesse, à la LITTÉRATURE, comme disait Flaubert ; la preuve, c'est que Bourget, Loti[42], et bien d'autres ont figuré sur les cadres de notre fondation avant d'appartenir à l'autre, quelques-uns même sans le savoir. N'empêche que la plupart des prix distribués au palais Mazarin[43] n'ont pas de raison d'être. Leur Académie ne sait pas découvrir le talent ou ne s'en donne pas la peine, souvent aussi, elle ne le peut pas, et notre prix de cinq mille francs rendra de fameux services. Voilà !... Maintenant, marchons un peu, dites.

Nous sommes descendus à l'allée du curé, remontés par le petit bois, et tout le temps il m'a parlé de son frère :

– C'est singulier. Jules est mort en 1870 ; eh bien, pendant quinze ans, jusqu'en 1885, moi qui rêve beaucoup, jamais je n'ai fait de rêve où il ne fût pas. Tout à coup il a disparu de mes songes. Dans la journée je pensais à lui, son souvenir me hantait autant qu'auparavant, mais dans mes rêves, dans ma vie nocturne, il n'existait plus. Et cela pendant dix ans... Une nuit, l'année dernière, mon frère est revenu. Je rêvais je ne sais quoi, une bêtise ; seulement Jules était là, et depuis il n'a jamais cessé d'y être. Cette nuit encore, il était dans mon rêve avec moi.

Goncourt s'est tu. Nos pas criaient sur le sable chaud de midi. Devant la maison, dans le haut sycomore qui dépasse le toit du côté de sa chambre et de la mienne, un chant de pinson ou de fauvette chuchotait comme assoupi.

– Quel est cet oiseau ? m'a-t-il demandé… Le matin, je l'entends contre ma fenêtre. C'est lui qui m'éveille en gonflant son petit gosier qui a l'air rempli d'eau fraîche.

– Le matin, vers quatre heures… Je l'entends, moi aussi, dans mes rideaux…

Et je lui raconte l'histoire de ce forgeron de la caserne Bellechasse[44] que mon voisin le docteur Charcot[45] et moi nous entendions le matin, chacun de notre cabinet de travail, et dont le marteau d'enclume, courroie de transmission entre nos deux cerveaux, rythmait notre double besogne et nous faisait penser l'un à l'autre. « Qui de nous deux l'entendra le dernier, le marteau du forgeron ? » me disait souvent Charcot avec son œil dur et son tendre sourire.

– Il croyait bien que ce serait lui…, reprend Goncourt, à qui j'ai dû faire ce petit récit bien des fois, mais qui n'en laisse rien paraître.

Quand on se voit souvent et depuis si longtemps, on est exposé à ces redites. Aussi, lui, le cher vieux, il commence toutes ses histoires par : « Vous direz que je rabâche… »

Au déjeuner personne n'a rabâché, ce matin. Petite table, mais très animée. On a causé des voyageurs partis de Champrosay au petit jour. Où sont-ils à présent ?

À se nourrir dans quelque sous-préfecture, aux sons de la fanfare locale. Le nom de Madame Desbordes-Valmore nous a conduits à celui de Verlaine et à l'influence qu'a eue le génie de la tendre Marceline sur ce délicat satanique[46]. Madame A..., qui les a connus tous les deux à des années de distance, évoque pour nous la silhouette du pauvre Lélian[47] tout jeune encore, alors qu'il récitait dans les salons de la générale de Ricard[48] ses jolis vers saturniens :

Et nous n'aurons jamais de Béatrice.

Elle était morte déjà depuis longtemps, celle qui devait être sa Béatrice posthume.

MOI, *brusquement.* – Goncourt, qu'avez-vous ? Vous ne mangez pas ?

GONCOURT. – Mon petit, je n'ai pas faim... Est-ce qu'avec beaucoup de protection je ne pourrais pas avoir un peu de lait de cette vache que ma filleule dit si méchante !... Du lait pas bouilli, dégourdi seulement.

On lui en apporte un grand bol, mais il le trouve trop chaud, finit par le laisser et sort de table en se demandant ce qu'il pourrait bien boire. Après la sieste il est descendu, les yeux moins jaunes, très reposé. Je lui propose de faire atteler, pour une grande course en forêt, ou dans la plaine. Nous pourrions aller dire bonjour à Coppée[49], par les champs de roses de Mandres, ou au bout des plaines de Lisses et de Courcouronnes chercher les savoureux biscuits de Mennecy. Rien de tout cela ne le tente. Ce serait trop longtemps de voiture ; il ne peut plus supporter ces courses de quatre heures, comme le jour où Madame Daudet, un exemplaire des *Mémoires d'outre-tombe* sous le bras, nous menait dans les rues de Savigny, à la recherche du chemin d'Henri IV et de la maison de Madame de Beaumont, l'amie de Chateaubriand[50].

– Si nous allions tout simplement nous asseoir au bord de l'eau ?... Qu'est-ce que vous en dites, patron ?

À Champrosay, il m'appelle volontiers « patron », partout ailleurs « Daudet » ou « mon petit », quelquefois « Alphonse », mais seulement lorsqu'il parle de moi.

– Va pour le bord de l'eau...

Mais une clé de grille oubliée nous empêche de gagner la Seine et nous restons dans l'allée du curé que le soleil couchant, tamisé par d'épais tilleuls, crible de taches de lumière.

MOI. – Alors c'est vrai que vous ne travaillerez plus, Goncourt ?... Vous croyez que cela vous sera possible ?

GONCOURT. – Je compte finir mon histoire de la Camargo[51], puis faire un catalogue très poussé des collections qui ne sont pas dans *La Maison d'un artiste*[52]... Si Antoine[53] me joue *La Faustin*, je reverrai quelques scènes. Après... après, c'est tout. Il n'y a plus que mon

Journal qui m'aurait amusé à faire. Cette notation de la vie, si variée et si simple, m'intéresse plus que le roman. Vous, pas : je le sais…

MOI. – Je suis trop latin, j'aime les choses plus construites. Ainsi la plupart des livres de Dostoïevski, même *Les Frères Karamazov* et *La Maison des morts*[54], j'ai à peine pu les finir ; ils ne sont pas assez en place… Ce n'est pas ma faute, mon ami. Tout petit, je jouais à la marelle sous la porte d'Auguste, aux osselets dans les Arènes ou sur les marches du temple de Diane.

Ici, une charrette chargée de foin passe dans le chemin communal qui sépare du second parc l'allée où nous nous promenons. Un vieux paysan à tête nue, blanche et toute ronde, qui conduit cette charrette, m'ayant salué à travers la grille, je lui crie :

– Bonjour, père Jean !

Quand Eugène Delacroix[55] habitait Champrosay, cet homme a été à son service. Il faut l'entendre dire avec orgueil : « C'est moi qui faisais la palette à *Monsieur Lacroué.* » Et sur cette palette d'Eugène Delacroix, Goncourt s'est mis à me parler avec une science, une verve… À quelle originale et rare conférence sur l'art romantique je viens d'assister ! comme je bénis le père Jean dont la rencontre m'a valu cette aubaine !… Restés dans le fond à causer délicieusement de la couleur et de la lumière jusqu'à l'heure du gong.

Remontés par le petit bois et le potager où les fleurs se pâment dans le crépuscule odorant et brûlant.

Dîner assez mélancolique. Mademoiselle Edmée n'est pas habituée à passer toute une journée loin de sa mère. Moi-même, je pense que c'est beaucoup, trois places vides à la table. Nous restons un moment sous la véranda. Le ciel est noir ; un reste de lumière monte du sable des allées. Du côté de Versailles, par ce qu'on appelle la trouée de Savigny, il vient des souffles d'orage, de sourds roulements. Je me sens d'une tristesse…

– Eh bien ! mon petit, me dit Goncourt en prenant sa place au coin de la cheminée, ce que vous éprouvez ce soir, je l'ai souvent ressenti en me promenant dans mon petit jardin d'Auteuil. Encore, vous, ici, vous n'êtes pas seul, et ce n'est que pour un soir, tandis que moi, d'un bout à l'autre de l'année, je n'ai que mes collections pour compagnie. C'est froid, si vous saviez, et ça ne vous parle pas tous les jours.

Le ton sincère et navré dont il me confie sa détresse de vieux garçon me fait beaucoup de peine. Je m'en veux de m'être laissé aller à cet accès de mélancolie et je passe ma soirée à le faire parler de son frère, des pervenches de Jeand'heurs, des anciennes soirées de Saint-Gratien, avec Théophile Gautier et les Giraud[56], et aussi de nos parties de fou rire en Provence, chez les Parrocel[57]. À dix heures, quand nous quittons le salon, nous ne sommes plus tristes, ni l'un ni l'autre, je me suis réchauffé en le frictionnant.

Avant de monter, Goncourt, sa bougie à la main, est venu s'appuyer à ma table, où je m'installais pour attendre, en travaillant, le train de nuit de nos voyageurs, et avec son sourire de grand frère :

– Ça m'ennuie de vous laisser seul… J'aurais voulu veiller avec vous ; mais je me sens si fatigué…

Il s'en est allé traînant les pieds, et je l'ai entendu monter lentement…

*

Mardi, 14 juillet.

– Dites-donc, mon petit…

C'est lui qui m'appelle à mi-voix, comme je sors de ma chambre, et me parle penché sur la rampe en haut de ce terrible escalier du second, que je ne monte plus que péniblement.

– Mon petit, j'ai mal dormi. Je vais passer ma journée au lit à faire une cure de lait. Un bain par là-dessus, demain matin, et je serai tout à fait sur pied, j'en suis convaincu…

Je n'ai pas la même conviction que lui. Le lait lui serait bon pris assidûment et pendant longtemps ;

mais ce qui nous peine surtout, ma femme et moi, c'est ce bain qu'il nous demande pour demain matin. Chez lui, à Auteuil, Goncourt n'a pas de salle de bains ; ou du moins elle est comme toute la maison envahie par les kakémonos[58], les vitrines. On installe une baignoire dans la cuisine, on vide les seaux par la fenêtre, c'est du dérangement et de la fatigue pour tout son monde. Et devant l'idée que ses domestiques peuvent prendre de la peine, de quoi ne se priverait-il pas, ce Goncourt à mine hautaine, qui passe pour un égoïste, et qui, le matin, en plein hiver, descend à peine vêtu chercher ses journaux dans la boîte, lui-même, à soixante-quatorze ans, ne voulant réveiller personne ?...

Tous les étés, quand il arrive à Champrosay, c'est son régal, la salle de bains. Tout le ravit, l'étuve, la douche. Malheureusement, un jour, il y a deux ou trois ans, il s'y refroidit, prit la fièvre, et depuis nous avons très peur. Comment faire, cependant ? L'an dernier, déjà, nous l'avons chagriné en ajournant ce malheureux bain... Après tout, qui sait ? D'ici à demain il aura peut-être changé d'idée, se trouvera mieux. Ma femme et Lucien, qui sont montés près de lui, l'ont trouvé de belle humeur ; il s'est fait raconter l'inauguration de Douai, la fête *des Gayants,* les jolis discours de Montesquiou et d'Anatole France. Dans la journée, à plusieurs reprises, il m'a envoyé de ses nouvelles.

À dîner nous avons un Parisien qui fuit la fête nationale. Passé la soirée sur la terrasse. Temps lourd et venteux. De tous les côtés de l'horizon, musiques lointaines, feux d'artifice. De son lit, là-haut, Goncourt doit les entendre apportés par ce vent d'orage qu'il abhorre.

*

Mercredi, 15 juillet.

Ebner[59], mon secrétaire, très pris à *L'Officiel* et ne pouvant plus me donner qu'un jour par semaine, est venu travailler. On se met à la pioche de bonne heure. Le temps y est, du reste : un ciel bas, orageux, des tourbillons de feuilles comme en automne… Mauvais temps pour le bain de Goncourt. Cette idée me passe brusquement. Le domestique interrogé m'assure que tout a été préparé avec le plus grand soin, sous la surveillance de madame : Monsieur de Goncourt est descendu depuis vingt minutes environ, ayant passé une assez bonne nuit. Il compte rester une heure dans l'eau. Une heure, c'est trop. Je vais jusqu'à la salle de bains.

– C'est vous, mon petit ?

Il me répond à travers la porte, du fond de sa baignoire :

– Comment vous va ? Je compte aller vous voir en sortant de l'eau.

– Non, mon Goncourt, ne venez pas. Vous risqueriez de vous refroidir, dans les couloirs... Entendez-vous comme le vent souffle ?... Montez vous fourrer dans votre lit un moment. J'irai vous dire bonjour tout à l'heure. J'ai le bras d'Ebner, aujourd'hui, l'escalier ne me fait pas peur.

– Ma foi, je ne demande pas mieux que de me recoucher quelques instants. Je me trouve d'une faiblesse... Pas même le courage de regarder l'heure à ma montre qui est sur une chaise à côté de moi. Quelle heure avez-vous, Ebner ?... Je vais rester encore un quart d'heure... Vous trouvez que c'est trop ?... Bien. Vous avez peut-être raison. Envoyez-moi le domestique, je vais monter.

Une demi-heure après, je frappais à la porte de sa chambre.

– Entrez ! me dit sa voix, toute changée, comme lointaine.

Nous l'avons trouvé étendu, jeté plutôt en travers de son lit, à demi vêtu comme si en remontant du bain il n'avait pas eu la force de se coucher. Les rideaux relevés de ses deux fenêtres laissaient pénétrer un jour cru, le jour qu'il déteste. Il se plaint d'une douleur au côté droit, accompagnée de grands frissons, de froid aux pieds. C'est sa crise de foie. Oh ! il la reconnaît bien… Et pour que je ne m'alarme pas, il s'efforce de sourire, en claquant des dents. Ebner l'aide à se mettre sous ses couvertures. Il a demandé qu'on lui verse un verre d'Hauterive, et deux ou trois fois les mots lui ont manqué : la « Fasquelle » pour la bouteille… Mais il s'en apercevait bientôt et riait le premier de ses méprises. Nous avons même remarqué que dans « fasquelle » il y a fiasque, fiasquette, la bouteille en osier du midi. Une fois dans son lit, sous l'édredon, les rideaux de ses rideaux bien clos, il s'est senti mieux ; le frisson diminué, les mains moins chaudes.

– Et votre douleur de côté, Goncourt ?

– Très supportable. Si elle augmentait, je vous ferais demander une piqûre.

Il y a deux ans, dans une crise de foie, très douloureuse, quelques injections de morphine l'avaient beaucoup soulagé, mais il ne s'en était pas fait depuis, et jamais lui-même.

– Quelle déveine, mon petit, me dit-il en me prenant tendrement la main, quelle déveine de vous apporter toujours la maladie, comme si vous n'aviez pas assez de vos souffrances !… Enfin, il faut bien que vous m'acceptiez avec toutes mes tares, puisque je n'ai que vous, que vous êtes ma famille, ma vraie famille.

– Cher ami !

Nous causons un moment, près de son lit ; après, il nous a demandé de le laisser dormir. Il ne croyait pas pouvoir descendre pour le déjeuner, mais dînerait certainement avec nous.

Vers une heure, une heure et demie, comme je venais de me mettre au travail, Goncourt me fait dire de monter, qu'il avait besoin de moi. En me voyant, il s'est mis à rire.

– L'antichambre du dentiste… Au moment de me faire arracher ma dent, voilà que je n'y ai plus mal. Je croyais qu'il me faudrait une piqûre, et rien que de vous voir paraître…

– Je vais attendre, mon ami, je ne suis pas pressé.

Assis sur le canapé, en face de son lit, dans la blonde pénombre qui baigne sa chambre ainsi qu'aux heures de la sieste, nous causons de la fête de Douai dont Lucien lui a conté tous les détails, aussi de notre dîner du lendemain jeudi. Ces jeudis de Champrosay, à table ouverte, ces dîners où l'on est quelquefois vingt-cinq autour d'un gigot et d'une matelote, l'imprévu des arrivées, l'effarement du service en face du sang-froid et de l'ingéniosité de la maîtresse de maison, l'amusent infiniment. Sa joie, c'est de rester au salon, le soir, quand tous nos Parisiens sont partis, de humer un petit verre d'eau-de-vie de marc en se remémorant des mots, des mines, un tournement de bouche, autant de notes pour son Journal.

– Dommage qu'il soit fini, votre Journal, mon Goncourt. Demain, nous serons des foules, vous auriez eu de la copie…

– En tout cas, patron, je vous promets d'être là et de vous faire honneur. Je me sens plus fort, je n'aurai même pas besoin de piqûre.

Ce sont les dernières paroles qu'il m'a dites.

Une heure après, Madame Daudet frappait à sa porte. Inquiète de son silence, elle entre. Il semblait assoupi, mais ses mains s'agitaient, les doigts déliés, comme il en avait l'habitude dans une conversation animée, une discussion d'art.

Elle lui parle :

– Comment êtes-vous, Monsieur de Goncourt ?

– Mieux, mieux.

Il répond par saccades, le regard absent. Épouvantée, ma femme va chercher sa mère, remonte avec elle près de notre ami, qui maintenant a les yeux clos, la face empourprée, la respiration oppressée et forte.

Que ce fût quelque chose de grave, longtemps je n'ai pas voulu le croire :

– C'est sa crise, voyons… Il le sait bien, il vient de nous le dire.

Ebner, que j'ai prié de monter encore, m'entretient dans mon illusion :

– Ces dames se trompent, monsieur, je vous assure. Monsieur de Goncourt est tel que nous l'avons vu tout à l'heure, pas plus mal.

Mais ma femme insiste, s'anime :

– Je te dis que ton ami va très mal. Tu ne l'as pas vu comme je viens de le voir, tu aurais eu peur autant que nous... Je vous en prie, Ebner, vite une dépêche au docteur Barié.

Parmi les nombreux médecins qui ont soigné Edmond de Goncourt en ces dernières années, les docteurs Millard, Rendu, Martin, Vaquez, Barié, c'est en celui-ci qu'il a toujours eu le plus de confiance ; il nous l'a dit souvent, l'a écrit dans son Journal. Aussi, quand vers six heures la voiture est arrivée avec Lucien et le docteur, nous avons éprouvé un vrai soulagement.

....

– Eh bien, Monsieur Barié ?

– Congestion pulmonaire... À son âge, le cas est très grave.

Même devant cette affirmation, cette certitude, je n'ai pas eu peur. Cela ne me paraît pas possible. Car enfin, ce frisson qu'il reconnaît...

– ...est un frisson de fièvre... Cent vingt pulsations à la minute. Mais cette fièvre ne vient pas du foie, c'est le poumon qui est pris.

– Il se sera donc refroidi en sortant du bain ?

– Oui, peut-être le bain... Ou peut-être un mal qui couvait. Vous me dites qu'il était fiévreux, tous ces jours-ci. Il a toussé, le mois dernier, se plaignait en riant d'avoir une armoire sur la poitrine, une portée de petits chats qui lui miaulaient dans les bronches… Il devait être malade depuis quelque temps.

N'empêche qu'il y a dans cette éclosion du danger une instantanéité qui me passe. Dire que tout à l'heure il me parlait, qu'il riait avec moi… À présent ses yeux regardent sans voir, il ne reconnaît personne, et lorsque, à force de sinapismes[60] promenés par tout le corps, de piqûres d'éther, de caféine, de tous les plus violents réactifs, on arrive à lui rendre un peu de vie, sa voix n'est plus qu'un balbutiement lointain, douloureux à entendre. Un moment, Barié l'a soulevé, assis sur son lit :

– Voyons, Monsieur de Goncourt, lui dit le bon docteur en le secouant doucement, parlez-nous un peu. Vous savez bien où vous êtes ? À Champrosay, chez vos amis Daudet, vous les reconnaissez bien ?

Le pauvre ami a souri pour la dernière fois, avec un hochement de tête qui semblait dire : « Je crois bien, que je les reconnais. » Presque aussitôt il retombait épuisé sur l'oreiller en bégayant :

– Bien fatigué… Bien fatigué.

Que s'est-il passé ensuite ? J'ai là un trou noir dans le souvenir, ce noir lugubre qui envahit les maisons avec le malheur, et qu'aucune lumière ne dissipe. Ces soirs-là, les lampes n'éclairent plus. On parle, on agit à tâtons… Faut-il appeler Pélagie qui a l'habitude de le soigner ? Mais non. Il lui a bien défendu de quitter la maison d'Auteuil, il n'a confiance qu'en elle pour garder ses papiers, ses collections. En ce moment surtout, où le toit est ouvert, le logis rempli d'ouvriers. Quelle émotion pour lui si elle était là, quand il reprendra connaissance ; car chacun de nous, pas même le médecin, n'a songé à une catastrophe. Barié, qui voit notre chagrin, nous rassure :

– On l'en tirera... Surtout s'il ne nous fait pas de congestion cérébrale.

Mais Madame Daudet a raison, par prudence il faut prévenir la famille.

Où est-elle cette famille ? Nous ne la connaissons pas : il nous en parlait si peu. Ses cousins Ratier[61], au château de Jeand'heurs, Lefebvre de Béhaine[62], beau-frère de notre ami Frédéric Masson[63], sont les seuls dont nous ayons présents les noms et les adresses. On leur envoie des dépêches ; un exprès au docteur Fort, le médecin de Draveil, excellent homme et praticien soigneux, qui viendra prendre la relève et les instructions de Barié jusqu'à demain matin.

Dans le silence et la nuit de la campagne, ce sont des allées et venues, des roulements de landau comme aux jeudis les plus vivants de Champrosay. À onze heures le médecin de Paris s'en va, promettant d'être ici demain, sitôt la visite à son hôpital. Il a installé son collègue là-haut, près du malade, que ma femme vient de voir, toujours assoupi et fiévreux, mais assez calme. Il a bu deux fois, essayant de sourire pour nous rassurer et murmurant toujours qu'il était mieux, bien mieux. Rien à faire maintenant qu'à nous coucher, pendant que le docteur veille au-dessus de nous, prêt à nous avertir à la moindre alarme... Sorti un moment sur la terrasse. Le vent souffle, balaye un ciel nuageux saturé d'orage. Les arbres du parc se massent en ombre veloutée comme sur les eaux-fortes de ce Seymour Haden[64] que Goncourt m'a fait aimer... Pauvre ami ! Est-ce une longue maladie qu'il nous commence ? À peine sortis de tant d'angoisses pour notre enfant, allons-nous vivre encore des semaines d'attente et de tremblement ? Quelle année, que d'épreuves !... Enfin, ne protestons pas, ne nous plaignons pas, qu'*on ne sache surtout pas que nous y sommes.* C'est la meilleure façon de tromper le mauvais sort.

*

Jeudi 16 juillet.

Le petit clocher de Champrosay a sonné les douze coups de la nuit. Dans la maison tout le monde dort excepté le médecin de garde et moi. Comme Macbeth j'ai tué le sommeil depuis des années et je prends tous les soirs une potion de chloral[65]. Cette nuit j'attends encore un peu avant de la boire, non que j'aie de mauvais pressentiments, mais les pas du médecin au-dessus de ma tête me préoccupent, je le suis, je le vois s'approcher du lit, se pencher sur le malade, revenir vers le canapé où il s'allonge et qu'il quitte brusquement... Qu'y a-t-il ?... Non, rien... Si, pourtant. Quelqu'un descend l'escalier. Oh ! l'angoisse de cette marche furtive qui approche... On frappe, et tout bas :

– Le docteur prie madame de monter bien vite.

La voix chuchote encore plus bas :

– Que monsieur vienne aussi... Monsieur de Goncourt au plus mal...

Quel mystère de force nerveuse m'a mis debout, vêtu en une minute, porté tout en haut de cet escalier dont l'ascension m'est presque impossible d'habitude ? Sa chambre était entr'ouverte et dès le corridor, un souffle, un grand souffle horrible, déjà entendu en d'autres nuits, hélas ! arrive jusqu'à moi... Est-ce possible ? c'est lui que j'entends ?... C'était lui... Il râlait, les traits immobiles, la face vultuée[66], agrandie, ses beaux cheveux blancs répandus comme une soie humide sur l'oreiller... Minutes d'affolement et de terreur. J'interroge le médecin. Que s'est-il donc passé ?... Rien. La nuit ne s'annonçait pas mauvaise, puis brusquement le pouls s'est précipité, la chaleur accrue, la figure encore plus enflammée... Jusqu'alors on avait pu lui donner à boire, maintenant plus moyen, rien ne passe. C'est la fin... Le docteur essaie encore une piqûre d'éther pour nous contenter. Non, tout soin est devenu inutile, presque profanatoire ; l'agonie est commencée. Autour de nous, dans sa chambre où tout d'habitude est si net, si bien en place, le désordre de la mort se sent déjà. Ce médecin, qui parle involontairement tout haut, ces tiroirs ouverts, ces fioles, ces tasses sur la table où s'étalent encore les feuillets de sa belle écriture régulière... Et toujours ce grand souffle par instants interrompu, puis repris, mais plus court chaque fois et plus lointain, à mesure que ce noble esprit, cette âme de lumière s'enfonce dans la nuit... Ma femme prie et pleure, à genoux au pied du lit ; moi, qui ne sais pas de prières, j'ai pris sa main entre les miennes – de l'eau et du feu, cette pauvre main –, et, penché sur lui, mes pleurs mêlés à sa sueur de mort, je lui parle tout bas, de tout près :

– Goncourt, mon ami, c'est moi... Je suis là, tout contre vous...

Je ne sais s'il peut m'entendre, j'en ai par moments l'illusion, surtout quand le souffle s'arrête et que sa belle figure aux paupières appesanties semble écouter ce que je lui dis de son frère, son frère Jules qu'il a aimé par-dessus tout. Soudainement sa main dont la brûlure s'apaisait depuis quelques instants, sa main s'est retirée des miennes, en hâte, presque durement. L'agonie, paraît-il, a de ces mouvements spasmodiques. Pour moi, ç'a été comme un départ qu'on précipite, l'ami que l'heure presse et qui s'arrache brusquement à vos adieux. Ah ! Goncourt, compagnon loyal et fidèle…

Combien de temps avons-nous veillé près de ce lit de mort ? Quelle heure était-ce quand, les flambeaux allumés, un chapelet noué par son amie dans ses belles mains inertes, nous sommes redescendus écrasés de stupeur et de douleur ? Je ne pourrais le dire. Je sais qu'un peu de jour blanchissait les vitres, que je me suis lâchement jeté sur mon chloral, et qu'en m'endormant j'entendais Lucien sangloter tout bas dans sa chambre. Deux heures après, j'étais réveillé par le petit oiseau de l'arbre voisin, l'oiseau de Goncourt au gosier gonflé d'eau fraîche, et dont les roulades innocentes montaient joyeusement dans le soleil. Je suis resté une minute sans penser, sans comprendre ; et le sentiment ne m'est revenu avec le souvenir, le cruel souvenir, qu'en entendant ma femme tout en larmes donner l'ordre au jardinier de « couper de grandes palmes vertes et des roses, des brassées de roses, toutes les roses du jardin ».

Champrosay, mercredi 5 août,
jour de l'inhumation.

Notes

1. Petit village au sud de Paris, près de Draveil, dans l'Essonne. Les Daudet y séjournent à partir de 1867. En 1886, ils y achètent une nouvelle demeure, au bord de la Seine, où une chambre d'ami est réservée à Edmond de Goncourt qui y vient tous les étés.
2. *Cf. Journal des Goncourt. Mémoire de la vie littéraire*, tome III (1866-1870), Paris, G. Charpentier et Cie, 1888, pp. 340-362. Edmond y écrit des pages poignantes sur les derniers jours de son frère cadet Jules, né en 1930, qui décède le 20 juin 1870 des suites de la syphilis : « Dire que cette liaison intime et inséparable de vingt-deux ans ; dire que ces jours, ces nuits passées toujours ensemble depuis la mort de notre mère en 1849, dire que ce long temps, pendant lequel il n'y a eu que deux séparations de vingt-quatre heures ; oui, dire c'est fini, fini à tout jamais. Je ne l'aurai plus marchant à côté de moi, quand je me promènerai. Je ne l'aurai plus en face de moi, quand je mangerai. Dans mon sommeil, je ne sentirai pas son sommeil dans la chambre à côté. Je n'aurai plus avec mes yeux, ses yeux, pour voir les pays, les tableaux, la vie moderne. Je n'aurai plus son intelligence jumelle. »
3. Lucien Daudet (1878-1946), fils cadet d'Alphonse Daudet, écrivain et peintre, un temps très intime de Marcel Proust. Il entretient une relation très forte avec Edmond de Goncourt.
4. Gustave Geffroy (1855-1926), écrivain, membre fondateur de l'Académie Goncourt.
5. Eugène Fasquelle (1863-1952), éditeur avec Georges Charpentier du *Journal des Goncourt*, fondateur des éditions Fasquelle en 1896, qui succèdent aux éditions Charpentier.
6. Léon Daudet (1867-1942), fils aîné d'Alphonse Daudet,

écrivain et journaliste. En cette année 1896, il est plus que jamais engagé dans le parti anti-dreyfusard : il est signataire de l'article qui a accablé au lendemain de sa dégradation le capitaine Dreyfus dans *Le Figaro*, en janvier 1895. Il sera co-fondateur du journal *L'Action française* en 1908. Devenu exécuteur testamentaire d'Edmond de Goncourt, après la disparition de son père, et après un procès avec les héritiers de l'écrivain, il instaure l'Académie selon le souhait formulé par le défunt dans son testament de 1892. Pour le détail des aléas de l'exécution testamentaire, voir p. 30.

7. « Tim » désigne Timoléon Ambroy, viticulteur, qui dès 1860 invite son ami Alphonse Daudet à séjourner dans son château à Fontvieille, près d'Arles. Il meurt en 1896.
8. Écrivain de langue occitane dont l'œuvre est consacrée à la Provence, Frédéric Mistral (1830-1914) obtient le Prix Nobel de littérature en 1904.
9. Edmée Daudet (1886-1937), fille d'Alphonse Daudet.
10. Julia Daudet (1847-1940), née Allard, femme de lettres, a épousé Alphonse Daudet le 29 janvier 1867.
11. Léonide Allard (1822-1909), belle-mère d'Alphonse Daudet.
12. Au printemps 1868, les frères Goncourt quittent la rue Saint-Georges à Paris et s'installent au 53, rue de Montmorency à Auteuil.
13. Pélagie Denis (née en 1831), employée de maison d'Edmond de Goncourt, entrée à son service en 1868.
14. Les *Mémoires* du duc de Saint-Simon (1675-1755) relatent la fin du règne de Louis XIV.
15. Sonné (néologisme).
16. L'écrivain Robert de Montesquiou (1855-1921) a servi de modèle au personnage de Des Esseintes dans *À rebours* de J.-K. Huysmans et il servira à celui de Charlus dans *À la recherche du temps perdu* de Marcel Proust.
17. Jean Lorrain (1855-1906), écrivain de sensibilité proche de la littérature fin-de-siècle, conteur et romancier.

18. Il s'agit de Pierre Louÿs (1870-1925), dont le premier roman, *Aphrodite*, est publié en 1896.
19. *Mémoires d'outre-tombe* (1849-1850), ouvrage autobiographique posthume de René de Chateaubriand ; *Choses vues* (1887, 1890), recueil posthume de textes de Victor Hugo ; Joseph Joubert (1754-1824) et Jean de La Bruyère (1645-1696), moralistes ; Louis Veuillot (1813-1883), écrivain et journaliste catholique ultramontain, rédacteur en chef de *L'Univers*.
20. Journal fondé en 1867 par l'écrivain Jules Vallès (1832-1885).
21. Georges Charpentier (1846-1905), éditeur des écrivains naturalistes.
22. Georges Brandès (1842-1927), critique littéraire danois, défenseur du naturalisme.
23. L'écrivain russe Ivan Tourgueniev (1818-1883) s'installe en France de 1847 à 1850, puis définitivement à partir de 1857. Il y fréquente le milieu littéraire, devenant notamment l'ami de Flaubert. Après avoir vécu à Paris, il s'installe à Bougival, près de la maison de ses amis Pauline et Louis Viardot.
24. Pauline Viardot (1821-1910), célèbre cantatrice et maîtresse de Tourgueniev.
25. Poignées de main (d'après l'anglais).
26. Pierre Paul Royer-Collard (1763-1845), homme politique et philosophe français.
27. « Chant des galériens », in *Airs populaires provençaux adaptés aux cantilènes de la Reine Jeanne* de Frédéric Mistral (publication posthume, 1921).
28. En 1883, Alphonse Daudet publie sous ce titre un roman dont le sujet fait polémique : partant d'une histoire réelle qui touche la maîtresse d'allemand de son fils Léon, il dénonce l'embrigadement sectaire de jeunes personnes auquel se livrent des franges du milieu protestant parisien, récemment converties à l'évangélisme. Autour du personnage central,

« Madame Autheman », présentée comme une femme de banquier juive-convertie, se noue un roman à clés.

29. Il s'agit sans doute d'une confusion avec le recueil poétique *Pauvres Fleurs* (1839) de Marceline Desbordes-Valmore (1786-1859), femme de lettres française. Mélanie Waldor (1796-1871), romancière et poétesse, a un temps été la maîtresse d'Alexandre Dumas, dans sa jeunesse. *Fleurs et Pleurs. Souvenirs de jeunesse* est un ouvrage de J. Blancheton, paru en 1877.
30. Étienne Falconet (1716-1791), sculpteur admiré de Grimm et de Diderot, célèbre pour sa statue équestre de Pierre le Grand commandée par Catherine II de Russie.
31. Leur échange épistolaire s'étend de 1765 à 1773. *Cf.* Denis Diderot, *Lettres à Falconet*, Paris, Garnier, 1875-1877.
32. Commune située au sud de Paris, dans l'Essonne.
33. Edmond et Jules de Goncourt publient *Madame de Pompadour* en 1878, qui reprend la seconde partie de leur ouvrage *Les Maîtresses de Louis XV* (1860).
34. Roman de Gregor Petrowitsch Danilevskij traduit en français en 1896.
35. Le roman *Guerre et Paix* (1863-1869) de Léon Tolstoï, les *Lettres* de Stendhal et le *Journal* du maréchal Boniface de Castellane (1788-1862) évoquent la campagne de Russie.
36. Alexandre Dumas fils, membre de l'Académie française est décédé le 27 novembre 1895. Son fauteuil revient le 10 décembre 1896 au poète et romancier André Thieuret (1833-1907).
37. Henry Céard (1851-1924), romancier naturaliste, coauteur des *Soirées de Médan* (1880), avec Émile Zola, Léon Hennique, Guy de Maupassant, Paul Alexis et J.-K. Huysmans.
38. Les statuts de l'Académie Goncourt, telle qu'elle existe aujourd'hui, datent du 19 janvier 1903.
39. C'est à l'âge de vingt ans qu'Alphonse Daudet connaît les premiers symptômes de la syphilis, bientôt compliqués d'atteintes neurologiques. Il a dix-huit ans de moins que

Goncourt, mais est très affaibli. Il tient un journal de sa maladie, *La Doulou* (*cf.* Mille et une nuits, 2002).

40. Léon Hennique (1850-1935), écrivain naturaliste, est désigné, avec Alphonse Daudet et Henry Céard, exécuteur testamentaire par Edmond de Goncourt.
41. Les « Dix » sont les dix hommes de lettres qui vont fonder l'Académie Goncourt.
42. Paul Bourget (1852-1935) et Pierre Loti (1850-1923) ont été respectivement élus à l'Académie française en 1894 et 1891.
43. Le Palais Mazarin est le siège de l'Académie française, quai Conti, sur l'autre rive de la Seine, face au Louvre, à Paris.
44. Allusion à la rue Bellechasse, non loin du boulevard Saint-Germain à Paris.
45. Célèbre pour ses recherches sur l'hystérie et l'hypnose, Jean-Martin Charcot (1825-1893) est le médecin personnel d'Alphonse Daudet.
46. Paul Verlaine consacre un chapitre à Marceline Desbordes-Valmore dans la seconde édition de ses *Poètes maudits* en 1888.
47. *Pauvre Lélian*, anagramme de *Paul Verlaine*, par laquelle Verlaine se désigne dans *Les Poètes maudits.*
48. De 1863 à 1868, l'épouse du général de Ricard organise chez elle un salon politique et littéraire qui regroupe de jeunes auteurs républicains, parmi lesquels Verlaine.
49. François Coppée (1842-1908), poète populaire et sentimental, élu à l'Académie française en 1884.
50. Pauline de Beaumont (1868-1803) tient un salon littéraire et devient la maîtresse de Chateaubriand qui, à sa mort, décide d'écrire ce qui deviendra les *Mémoires d'outre-tombe.*
51. Edmond de Goncourt a eu le projet d'une biographie de la Camargo (1710-1770), danseuse de l'Opéra célèbre pour sa virtuosité. Il l'évoque dans *Portraits intimes du dix-huitième siècle* (1857), écrit avec son frère Jules.
52. Dans *La Maison d'un artiste* (1881), Edmond de Goncourt fait l'inventaire de sa maison à Auteuil.
53. André Antoine (1858-1943), metteur en scène, directeur

de théâtre et fondateur du Théâtre-Libre, préconise un théâtre plus réaliste. Il a mis en scène plusieurs pièces d'Edmond de Goncourt.

54. Roman de Dostoïevski dont le titre est plus fréquemment traduit par *Souvenirs de la maison des morts* (1860-1862).
55. En 1858, Eugène Delacroix (1798-1863) achète une maison à Champrosay et y séjourne régulièrement. Les Daudet la louent de 1868 à 1870.
56. En 1851, la princesse Mathilde (1802-1900), fille de Jérôme Bonaparte, s'installe à Saint-Gratien, dans le Val-d'Oise. Sous le Second Empire, elle tient salon dans son château et reçoit ses amis écrivains, notamment Théophile Gautier (1811-1872), les frères Goncourt, ainsi que le sculpteur Eugène Giraud (1806-1881) et son épouse.
57. Parrocel, hôtelier marseillais descendant des peintres du même nom, fait la connaissance de Daudet en 1863, en Corse, et le reçoit ensuite chez lui à Saint-Estève, près d'Arles, dans les années 1880.
58. Peintures japonaises, réalisées sur soie ou sur papier, plus hautes que larges, qu'on suspend aux murs.
59. Jules Ebner, secrétaire d'Alphonse Daudet pendant plus de trente ans.
60. Préparation médicamenteuse appliquée sur le corps sous forme de cataplasme ou d'emplâtre.
61. Léon et Fœdora Rattier, cousins d'Edmond de Goncourt, propriétaires du château de Jeand'heurs.
62. Édouard Lefebvre de Béhaine (1829-1897), diplomate, ami proche d'Edmond de Goncourt.
63. Frédéric Masson (1847-1923), historien, est le beau-frère d'Édouard de Béhaine.
64. Seymour Haden (1818-1900) est un chirurgien et graveur anglais.
65. L'hydrate de chloral, substance chimique liquide, est utilisé comme hypnotique et analgésique.
66. Rouge et congestionnée (mot employé ici pour *vultueuse*).

Le mot de la fin

Vulnerant omnes, ultima necat. Toutes les heures blessent, la dernière tue. Publié le 15 août 1896 dans la *Revue de Paris*, *Ultima* se situe à ce point extrême où, pour celui qui s'apprête à mourir, toutes choses tendent à se dissoudre, à disparaître à jamais. Le texte donne un aperçu de ce point en se plaçant du côté d'Alphonse Daudet, témoin qui rapporte les faits : cet été-là, comme tous les étés depuis dix ans, il a invité son vieil ami Edmond de Goncourt[1] dans sa maison de campagne de Champrosay, au sud de Paris. Goncourt arrive le 11 juillet 1896, le lendemain il est frappé par une congestion pulmonaire et il meurt sur place quelques jours plus tard.

Le décès de Goncourt trouve bien sûr sa vraisemblance dans son âge, soixante-quatorze ans, rappelé avec insistance par l'auteur qui montre un homme fatigué, fragilisé. Pourtant cette mort fait événement car elle survient avec une précipitation qui, en rupture avec le cadre agréable et l'ambiance amicale de

Champrosay, échappe à toute prévention et à tout contrôle. Même si elle est préparée en sous-main depuis longtemps, elle frappe à l'improviste. *Mors inopina.* Ce qui devait être un moment de détente et de convivialité tourne à l'épreuve d'une séparation définitive.

La lame de fond qui emporte Goncourt laisse sans voix. Il n'y a pas de cérémonie d'adieu, juste l'effervescence d'un départ abrupt. Une existence vouée à la littérature s'affaisse soudain dans le silence. Quand la dernière heure arrive, le soin des médecins ne saurait conjurer le sort, et les proches, sans ressources devant la force du surgissement mortel, assistent impuissants à ce qui se joue dans cette expérience de dépossession. Bien qu'à côté, caressé, consolé, le *mourant* semble déjà hors de portée, bientôt le *mort* sera une dépouille anonyme et froide. C'est donc vers le *vivant* que se tourne de préférence Daudet, écrivain de la vie lumineuse. Il présente ainsi Goncourt comme un « civilisé surexquis » qui aime se comparer à Saint-Simon, comme un « raffiné d'art » en qui ses proches discernent un « excellent homme », « cordial et généreux », « naïf et tendre, sans morosité, sans méfiance, et tout de même d'une subtilité de vision déconcertante ».

Se rattachant à ses repères, Daudet évoque d'abord l'atmosphère paisible de la maison avant que le drame ne survienne. Il restitue par le menu les moments d'intimité tranquille et rapporte notamment, sous forme de dialogues au style direct, les conversations du cercle des Daudet auquel s'est joint Goncourt : on prend des nouvelles des uns et des autres, on relate de menus incidents (l'invité a égaré ses bagages à la gare), on commente l'actualité du monde des lettres.

Puis, sensible à la fatalité qui plane sourdement comme le temps tourne au vent et à l'orage, l'auteur d'*Ultima* capte le danger qui enveloppe irrémédiablement la demeure : « N'empêche qu'il y a dans cette éclosion du danger une instantanéité qui me passe. » En quelques jours, la vie bien ordonnée de la maisonnée se trouve mise à mal, la mort a repris ses droits : « Autour de nous, dans sa chambre où tout d'habitude est si net, si bien en place, le désordre de la mort se sent déjà. » En même temps, étrangement, avec cette dévastation, l'humanité du mourant se trouve consacrée : « Tout soin est devenu inutile, presque profanatoire ; l'agonie est commencée. »

Dès lors, le sort de Goncourt est scellé : l'agonie est un combat perdu d'avance. On contacte sa famille, on fait venir son médecin personnel. Il diagnostique une congestion pulmonaire et redoute une attaque cérébrale, il s'efforce à l'optimisme, réconforte les proches et les prépare ensuite au pire. Julia Daudet prie, ce que ne sait pas faire son mari qui, lui, s'adresse au mourant : « Goncourt, mon ami, c'est moi... Je suis là, tout contre vous… » Mais ces paroles manquent leur but, elles n'atteignent pas « l'ami que l'heure presse et qui s'arrache brusquement à vos adieux ». L'heure n'est plus à la consolation, la tendresse reste inopérante. Daudet a beau prendre la main du mourant – « de l'eau et du feu, cette pauvre main » –, le contact physique est un leurre. L'accompagnement est devenu sans objet. Tout s'accélère. La fin n'est plus l'horizon, elle est l'imminence.

Même si le décès d'Edmond de Goncourt ressemble bien peu à celui de son frère, rongé par la syphilis et disparaissant le 20 juin 1870, c'est-à-dire vingt-six ans plus tôt, il lui fait écho, le prolonge, s'y rattache de multiples façons.

Le spectre de Jules rôde lors du séjour chez les Daudet. Dès l'arrivée de Goncourt, les conversations tournent autour de la figure fraternelle, comme autour d'un fantôme gémellaire[2] soudain revenu hanter ses nuits. Goncourt évoque le caractère de son frère (auquel il assimile volontiers celui de Daudet, « sensitif » et « bavard » comme lui), son intense présence onirique à nouveau, il rappelle aussi le projet commun d'une Académie qui porterait leur nom.

En se faisant le chroniqueur improvisé (mais devant l'*inopiné* de l'événement mortel est-il autre chose de possible que l'improvisation ?) des cinq derniers jours d'Edmond de Goncourt, Alphonse Daudet rend encore, implicitement, hommage aux deux frères par la forme même qu'il donne au récit de cette agonie : celle du Journal, la grande œuvre des Goncourt qui, plus encore que romanciers ou biographes, se sont faits les mémorialistes de tout le second XIXe siècle littéraire[3]. Daudet précise qu'il a choisi cette forme du Journal, « familière et vivante » mais inhabituelle pour lui, parce qu'elle est celle « dont [Edmond] s'est servi pour nous raconter la mort de son frère » en « un impérissable chef-d'œuvre de pitié et de clairvoyance ». La réactivation générique se justifie à ses yeux par cette chaîne d'expériences de deuil qui le lie *fraternellement* et *littérairement* aux Goncourt : « Ce qu'il a fait pour son frère Jules, ma tendresse d'ami et de témoin veut essayer de le faire pour lui. »

Le 12 juillet 1896, à Champrosay, Goncourt indique à Daudet que son neuvième volume d'extraits du *Journal* lui vaut bien des ennuis, et il lui fait part de la décision lourde de sens qu'il vient de prendre : « Le *Journal des Goncourt* est fini. » Document monumental et œuvre d'art, ce *Journal* révèle la grandeur et la futilité de la littérature, entre querelles esthétiques et potins, entre curiosité intellectuelle et ornières idéologiques. Il possède aussi une fonction *conservatrice*. Edmond et Jules, puis Edmond seul enregistrent le bouillonnement du monde littéraire et artistique, le saisissent de l'intérieur, depuis Paris, son centre nerveux. Sur la scène culturelle où se croisent les grands créateurs, la comédie humaine bat son plein et les Goncourt l'immortalisent. Or, l'abandon volontaire du *Journal* exprime la fin de ce désir d'enregistrement, et une telle lassitude annonce la disparition physique de Goncourt. Son œuvre désormais considérée comme achevée, il est temps pour l'auteur de tirer sa révérence.

Certes, à travers le bref récit d'*Ultima*, Daudet garde une trace de ces journées de juillet 1896, il les fixe pour toujours en donnant une toute dernière fois la parole à son hôte qu'il montre tour à tour dans sa majesté d'écrivain et sa misère de moribond. De ce point de vue, *Ultima* joue le rôle de post-scriptum au *Journal*, un post-scriptum écrit d'une main extérieure et toutefois très proche, un peu comme si Jules de Goncourt lui-même écrivait à travers la plume de Daudet. Mais, quoi qu'il en soit, il n'y en a plus pour longtemps, et cet ultime *soubresaut* marque bel et bien la fin d'une époque littéraire.

Quand il évoque le décès de Jules de Goncourt, Daudet ne manque pas de l'associer aux événements historiques qui lui sont quasi concomitants, le siège de Paris par les Prussiens et la Commune. Il établit une distinction entre les deux périodes séparées par la charnière de 1870-1871 : « Il y a là, dans l'histoire contemporaine, comme une cassure, un grand mur de cimetière criblé de balles, où tout s'arrête. » Après 1871, c'est en quelque sorte le début de la fin (du siècle), la naissance d'une nouvelle sensibilité, l'amorce d'un crépuscule. De ce point de vue, la disparition de Jules lance un compte à rebours dont la mort d'Edmond pourrait symboliquement marquer le terme.

Ce qui se déroule sous ses yeux, Daudet n'en est pas seulement le témoin mais aussi l'acteur. Épuisé par la syphilis[4], le conteur ensoleillé du Midi se trouve déjà lui-même absorbé dans « le noir lugubre qui envahit les maisons avec le malheur, et qu'aucune lumière ne dissipe ». Il disparaîtra moins d'un an plus tard, participant à son tour à un certain naufrage fin-de-siècle.

Ainsi, quand Daudet raconte la mort d'un écrivain dans *Ultima*, le drame intime semble se doubler d'un drame plus collectif, il marque de façon emblématique la fin d'un demi-siècle littéraire dont Edmond de Goncourt, avec son frère, a incarné et synthétisé les deux tendances majeures : le *naturalisme* dont en 1869 leur roman *Germinie Lacerteux* marque le coup d'envoi en affichant une volonté de réalisme sans tabou, et le *style artiste* qui affirme la priorité qu'une sensibilité nerveuse et raffinée accorde à l'art comme tel. Jusqu'à l'effondrement de l'été 1896, le *Journal* des frères Goncourt aura été la mémoire immense, partiale et vivante de ce demi-siècle-là.

Jérôme Solal

Notes de la postface

1. Ils se sont connus le 16 mars 1873, chez Flaubert (voir le *Journal* des frères Goncourt, tome 2 : 1866 1896, Robert Laffont, coll. « Bouquins », 1989, p. 538).
2. Jusqu'à la mort de Jules, les deux frères ne se sont jamais quittés, ils ont vécu sous le même toit, ont écrit tous leurs livres à deux mains et partagé le lit des mêmes maîtresses.
3. Le *Journal* court de 1851 à 1896. À la mort de Jules, son cadet de huit ans, Edmond pense d'abord à arrêter, puis décide de poursuivre seul le travail. Cela durera jusqu'à la date du 3 juillet 1896, soit huit jours avant son ultime séjour à Champrosay.
4. Voir le carnet posthume d'Alphonse Daudet, *La Doulou* (*op. cit.*).

Vie d'Alphonse Daudet

1840. Alphonse Daudet naît le 13 mai à Nîmes.

1848. Naissance de sa sœur Anna. Alphonse Daudet a déjà deux frères plus âgés, Henri, né en 1832, et Ernest, né en 1837. La soierie familiale de Nîmes cesse ses activités, et est vendue.

1849. Les Daudet s'installent à Lyon.

1856. À la fin de la classe de rhétorique, Daudet arrête ses études.

1857. Daudet est maître d'études au collège d'Alès, mais, désirant faire une carrière littéraire, il part très vite pour Paris. Il y rejoint son frère Ernest.

1858. C'est le début de la vie littéraire. Il fréquente quelques salons et surtout le milieu de la bohème. Il entame une liaison avec Marie Rieu, la future « Sapho ». Diverses aventures amoureuses, et publication de son premier livre, un recueil poétique, *Les Amoureuses.*

1859. Débuts dans le journalisme et collaboration à divers journaux. Il fait la connaissance de Frédéric Mistral.

1860. Daudet est engagé comme secrétaire chez le duc de Morny, président du Corps législatif.

1861. Daudet ressent les premiers symptômes de la syphilis. Il part pour l'Algérie. De passage à Marseille, il rend visite à Frédéric Mistral et fait la connaissance des félibres.

1862-1863. Voyage en Corse.

1864. Séjour en Provence, à Fontvieille.

1865. À la mort du duc de Morny, Daudet perd son emploi. C'est une période difficile qui commence.

1866. Plusieurs œuvres de Daudet commencent à être publiées dans les journaux.

1867. Le 29 janvier, mariage avec Julia, dont Daudet a fait la connaissance deux ans plus tôt. En novembre, naissance de Léon. C'est sans doute cette année-là que meurt Marie Rieu.

1868. *Le Petit Chose*, son premier roman, est publié. Les Daudet séjournent à Champrosay. Ils s'installent dans l'atelier qu'avait occupé le peintre Eugène Delacroix.

1870. Daudet est fait chevalier de Légion d'honneur. Durant le siège de Paris, il s'engage comme garde national.

1872. *Tartarin de Tarascon* est publié. *L'Arlésienne*, représenté au Vaudeville, est un grave échec. Daudet fréquente Émile Zola et Gustave Flaubert.

1873. Début de sa longue amitié avec Edmond de Goncourt.

1874. Publication des *Femmes d'artistes.* Publication de *Fromont jeune et Risler aîné.* Accueil critique favorable et premier grand succès public. Le roman sera adapté pour le théâtre et représenté à la scène en 1876. Daudet procédera de même avec les romans suivants. Débuts de critique dramatique au *Journal officiel* où Daudet travaillera jusqu'en 1880.

1875. Mort du père d'Alphonse Daudet.

1876. Publication de *Jack.*

1877. Le roman *Le Nabab* connaît un grand succès public.

1878. En juin, naissance de Lucien, son second fils.

1879. Problèmes respiratoires, hémoptysie. Cure à Allevard.

1880. Cure à Royat.

1881. Publication de *Numa Roumestan.* Les Daudet voyagent en Suisse.

1882. Mort de la mère de Daudet. Cure à Néris-les-Bains.

1883. Publication de *L'Évangéliste.* Après des hésitations, Daudet renonce finalement à se présenter à l'Académie française. Il provoque en duel Albert Delpit, qui l'a attaqué dans le journal *Paris*

1884. Publication de *Sapho* : succès public et critique – son « plus parfait livre » selon Edmond de Goncourt.

1885. La santé de Daudet se dégrade. Cure à Lamalou-les-Bains, où il se rend régulièrement jusqu'en 1890.

1886. En juin, naissance de sa fille Edmée. Edmond de Goncourt séjourne un mois à Champrosay, dans la nouvelle propriété des Daudet. Il y revient chaque année pour y séjourner l'été.

1888. Publication de *L'Immortel* et de *Souvenirs d'un homme de lettres.*

1891. Léon Daudet épouse Jeanne Hugo, petite-fille du poète.

1895. *La Petite Paroisse* est publié. Voyage à Londres. Daudet y rencontre l'explorateur britannique Henry Morton Stanley. Divorce de Léon et de Jeanne.

1896. Voyage à Venise. Edmond de Goncourt meurt lors d'un séjour chez les Daudet, à Champrosay.

1897. *Le Trésor d'Arlatan,* dernière œuvre à paraître du vivant d'Alphonse Daudet. Il meurt le 16 décembre à Paris.

Repères bibliographiques

Ouvrages d'Alphonse Daudet

- *Le Petit Chose* [1868], Le Livre de Poche Jeunesse, coll. « Classiques », 2010.
- *Lettres de mon moulin* [1870], Pocket, 2005.
- *La Trilogie de Tartarin* [1872, 1885, 1890], Payot-Rivages, coll. « Petite Bibliothèque », 2010.
- *Contes du lundi* [1873], Pocket, coll. « Classiques », 1999.
- *Les Femmes d'artistes* [1874], Actes Sud, coll. « Babel », 1997.
- *Numa Roumestan* [1881], Éditions du Carroussel, 2000.
- *L'Évangéliste* [1883], Lacour, coll. « Rediviva », 2007.
- *Sapho* [1884], Flammarion, coll. « GF », 2005.
- *L'Immortel* [1888], Cartouche, 2007.
- *La Doulou* [1930], Mille et une nuits, 2002.

Études sur Alphonse Daudet

- Bannour (Wanda), *Alphonse Daudet, bohème et bourgeois*, Perrin, 1990.
- Bornecque (Jacques-Henry), *Les Années d'apprentissage d'Alphonse Daudet*, Nizet, 1951.
- Daudet (Léon), *Alphonse Daudet*, Fasquelle, 1898.
- Daudet (Lucien), *Vie d'Alphonse Daudet*, Gallimard, 1941.
- Dufief (Anne-Simone), *Alphonse Daudet romancier*, Champion, coll. « Romantisme et modernités », 1997.

◆ JOUVEAU (Marie-Thérèse), *Alphonse Daudet, maître des tendresses*, M.-T. Jouveau, 1990.

◆ KLEIN (Charles-Armand), *Alphonse Daudet, les pins chantants du Midi*, Équinoxe, coll. « Mémoires du Sud », 2011.

◆ ROURÉ (Jacques), *Alphonse Daudet*, Équinoxe, coll. « Mémoires ».

◆ *Le Petit Chose*, bulletin de l'Association des amis d'Alphonse Daudet, dirigé par Roger Ripoll, livraison semestrielle.

◆ *Alphonse Daudet pluriel et singulier*, actes du colloque dirigé par Christian Chelebourg, Revue des Lettres modernes – Minard, Série *Écritures XIX*, n° 1, 2003.

SUR LES FRÈRES GONCOURT

◆ *Journal. Mémoires de la vie littéraire*, 3 volumes (tome 1 : 1851-1865 ; tome 2 : 1866-1886 ; tome 3 : 1887-1896), édition établie et annotée par Robert Ricatte, préface et chronologie de Robert Kopp (dir.), Robert Laffont, coll. « Bouquins », 2004.

De très nombreuses informations sont disponibles sur le site de l'Académie Goncourt (www.academie-goncourt.fr).

Mille et une nuits propose des chefs-d'œuvre pour le temps d'une attente, d'un voyage, d'une insomnie…

La Petite Collection (extrait du catalogue) 577. CICÉRON, *Traité des devoirs*. 578. Pierre-Joseph PROUDHON / Émile ZOLA, *Controverse sur Courbet et l'utilité sociale de l'art*. 579. Paul ACHARD, *La Queue*. 580. VOLTAIRE / ROUSSEAU, *Querelle sur le Mal et la Providence*. 581. Marie-Joseph CHÉNIER, *Dénonciation des inquisiteurs de la pensée*. 582. Auguste RODIN, *Faire avec ses mains ce que l'on voit. Textes, lettres et propos choisis*. 583. Théophile GAUTIER, *Le Club des Hachichins*. 584. Blaise PASCAL / Jacqueline PASCAL, *Les Mystères de Jésus*. 585. Sébastien BAILLY, *Les Zeugmes au plat*. 586. David HUME, *Essais sur le bonheur. Les Quatre Philosophes*. 587. Henri ROORDA, *Le Rire et les Rieurs*. 588. POLYEN, *L'Art du mensonge. Ruses diplomatiques et stratagèmes politiques*. 589. ALAIN, *L'Instituteur et le Sorbonagre. 50 propos sur l'école de la République*. 590. Josiah WARREN, *Commerce équitable*. 597. Henri ROORDA, *Le Pédagogue n'aime pas les enfants*. 598. Émile ZOLA, *Lettres à la jeunesse*. 599. Léon TOLSTOÏ, *Un musicien déchu*. 600. PLATON, *Euthyphron*. 601. ARISTOPHANE, *Ploutos, dieu du fric*. 602. Jean-Jacques ROUSSEAU, *Deux lettres sur l'individu, la société et la vertu*. 603. Edgar Degas, *« Je veux regarder par le trou de la serrure »*. 604. Edmund BURKE, *Lettre à un membre de l'Assemblée nationale de France sur la Révolution française et Rousseau*. 605. Georges FEYDEAU, *L'Hôtel du Libre Échange*. 606. Jean GRAVE, *Ce que nous voulons et autres textes anarchistes*. 607. Hippolyte TAINE, *Xénophon, l'*Anabase. 608. Alfred DELVAU, *Henry Murger et la Bohème*. 609. David HUME, *La Règle du goût*. 610. Henri BERGSON, *Le Bon sens ou l'Esprit français*. 611. POLYEN, *Ruses de femmes*. 612. Henri ROORDA, *À prendre ou à laisser. Le programme de lecture du professeur d'optimisme*.

Pour chaque titre, le texte intégral, une postface, la vie de l'auteur et une bibliographie.

42.40.0737.9/01
Achevé d'imprimer en mars 2013
par La Nouvelle Imprimerie Laballery (Clamecy, France).
N° d'impression : 302274